Geschichten aus einer verrückten Welt

von

Bassima Khoury

Geschichten
aus einer verrückten Welt

von

Bassima Khoury

Mit Illustrationen der Autorin

Bibliografische Information der Deutschen Nationalbibliothek: Die Deutsche Nationalbibliothek verzeichnet diese Publikation in der Deutschen Nationalbibliografie; detaillierte bibliografische Daten sind im Internet über http://dnb.d-nd.de/ abrufbar.

Geschichten aus einer verrückten Welt

Autorin: Bassima Khoury
Illustrationen: Bassima Khoury
Einbandgestaltung, Satz, Layout und Bildbearbeitung:
Ferial Khoury-Bec - BirdtreeBlue concept, France -
email: contact@birdtreeblue.com
Schrift: Jost*

Herstellung und Verlag: BoD — Books on Demand, Norderstedt

ISBN: 9783752671544

Inhalt

Weltweite Amnesie

Eine anekdotenhafte Allegorie

Herr Cursus Crassus schickte eine Email von Bedeutung, die niemals angekommen war - jedenfalls nicht in jenem Leben.

Herr Cursus Crassus war ein korrekter und freundlicher Staatsdiener hohen Ranges; seine nationalen und internationalen Kollegen, ja sogar das ganze Volk, mochten seine Verfahrensweisen, seine harmonischen Ansichten, sein abwechslungsreiches Wesen und seine zahlreichen Tweets, die stets gütig klangen und mitfühlend formuliert wurden - egal wie die geheimen Botschaften lauteten und in welchem Umfang die ausgewählten Anordnungen im Stillen ausgeführt wurden. Herr Crassus half seinen hausinternen Untergebenen jederzeit und anstandslos. Auch deswegen mochten sie ihn, egal wie unästhetisch seine Erscheinung war und wie verworren er auf die ganze Menschheit wirkte. Die Einzigen, die ihn wahrhaftig durchschauten, waren seine unbeachteten Kritiker, die gezwungenermaßen ein Schattendasein führten, sowie die kontra-gebenden Journalisten der unbeliebten Boulevard-Presse. Ihr Spott war allzeit kurz und schmerzlos und versiegte jedes Mal rasch und ging im Trubel seiner täglich durchgreifenden Twitter-Lyrik unter. Eigentlich stand der dienstbeflissene und geläuterte Herr über derartig törichten, scharfzüngigen und nichts-sagenden Behauptungen, die gegen ihn auf massivste Weise gerichtet waren. Der Besonnene war der Weltverbesserer schlechthin und die neugewählte Hoffnung, so dachte er jedenfalls von sich. Auch versicherte er, dass er weltweit der umweltbewussteste Friedensstifter aller Zukunftsgenerationen sei. Darüber hinaus war Herr Crassus ein Verfechter der innovativen, transhumanistischen Technologien, die die Menschen intelligenter und leistungsfähiger machen sollten und die sie vor dem biologischen Verfall bewahren sollten zum Leid der Pharmakonzerne, die mit der Anfälligkeit der menschlichen Körper ihre großen Gewinne machten.

Der Riesenerfolg hatte nicht lange auf sich warten lassen. Herr Crassus konnte seinen Widersacher bei den Wahlen mit den meisten Stimmen übertrumpfen, dank seiner positiven Selbstdarstellung, dank all seiner Versprechungen in diversen Online-Medien, die er gekonnt und regelmäßig veröffentlicht hatte, auch dank der erlösenden Aktionen in den Tropen, um die dort wütenden Epidemien für immer abzuwehren.

Diese Internet-Plattformen, die für alle Weltbürger sichtbar waren, nutzte Herr Crassus wahrhaftig etwas mehr aus als andere und in einer nie da gewesenen Form. Das ist es ja! Die Hauptsache war, dass alle Menschen diese neue Kommunikationsweise, von höchster Ebene kommend, bewunderten und dass sie seine Schlauheit erkannten, insbesondere die einfachsten Individuen und die wirtschaftlich ärmsten Länder im entferntesten Winkel der Erdkugel. Die Konsequenzen dieser Inszenierung konnte man im Nachhinein keineswegs analysieren, beobachten oder beschreiben, denn die Geschichtsschreibung blieb ab einem bestimmten Zeitpunkt irreparabel lückenhaft, trotz der fieberhaften und misslungenen Neuversuche. Trotzdem wussten einige von uns damals, dass die Mehrheit der Leute die stürmische, mediale Publicity nicht auf den Prüfstand stellten, sie besaßen die Kapazität nicht, die massive Flut der Informationen in Frage zu stellen; oft trennten sie die seriösen Fakten nicht von den unseriösen Verschwörungstheorien.

Ich erwähnte davor die unangenehme Angelegenheit der Geschichtsschreibung. Gehen wir zurück zu jenem letzten Tag der Historiografie; das Netzwerk funktionierte noch ordentlich und problemlos, bis ein technischer Fehler sich unerwartet ins System eingeschlichen hatte.

Das Phänomen geschah angeblich genau an jenem Tag, als Herr Crassus in seinem großen Büro mit großen Fenstern saß, der einen gepflegten Park überblickte. Die Möbel waren aus erlesenem Holz und die bunte Flagge hinter dem Schreibtisch war übersät mit silbernen, hübschen Herzchen, Sternchen, fliegenden Tauben und Fischen. Die Flagge sah komplett anders aus als beim Vorgänger, denn sie wurde kürzlich im Auftrag von Herrn Crassus und nach sehr viel Wirbel neuartig entworfen und gestaltet. Die Herzchen symbolisierten das weibliche Geschlecht, die Sternchen das männliche, die Tauben verkörperten die Atmosphäre und die Fische den Ozean. Die Farben des Hintergrundes stellten symbolisch das ganze Universum dar.

Herr Crassus war äußerst beschäftigt, seine Finger tippten fleißig auf die Tastatur seines Laptops. Er bereitete das Schreiben vor, das er als Portable Document File, kurz PDF, via Email zu versenden beabsichtigte. Der einführende Teil der Email war an alle Oberhäupter der Nationen gerichtet; der Anhang beinhaltete die Proklamation der Weltherrschaft unter seiner eigenen noblen Führung als gesamt-demokratischem Weltpräsidenten, um endlich die Nationen unter seiner Leitung zu vereinen und um damit die Situation auf dieser Erde auf wohlwollende Art und Weise zu optimieren. Sein holdes Motto bezeichnete er schlicht und plakativ: **"WIDERSPRUCHSLOS WERDEN WIR BESSER!"**. Die

Verkündigung mit den seitenlangen, ausführlichen Regierungsplänen war schon vorab und wochenlang penibel durchdacht, debattiert und von den zahlreichen zukünftigen Unterzeichnern der noch unabhängigen Regierungen heiß erwartet. Auch die Weltbürger hatten Kenntnis davon, sie wurden über Twitter und ähnlichen Medien reichlich informiert. Die Online-Meinungsumfragen wiesen angeblich eine extrem hohe Prozentzahl an Befürwortern aus, die allgemeine Euphorie war offensichtlich überwältigend. Die Meckerer waren die Waffenproduzenten und die paar übrig gebliebenen Rassisten; im Verhältnis zu den Milliarden Weltbewohnern und den zahlreichen Ethnien stellten sie nur einen mickrigen, schwindenden Prozentsatz dar. Der Demokrat oder angenommen, der Möchtegern-Demokrat Cursus Crassus, trat dafür ein, eine neue, einheitliche Welt ohne Grenzen zu erschaffen und die vorhandenen Währungen zu tilgen, um den Netcoin einzuführen.

Die Zukunftsmelodie klang lieblich und attraktiv, eine Welt ohne Diskriminierung, ohne Armut, ohne Raubbau, ohne gaunerhafte Konkurrenz, ohne Hass und ohne Kriege! Alle Ethnien hätten bald die gleichen Chancen in einem einzigen System!

Man wartete geduldig auf das neue Zeitalter, dennoch gab es in den digitalen Medien bis dato genügend Kritik. Die Fragen, die Kommentare und ja sogar die Beschimpfungen überhäuften sich überall im Internet. Trotzdem handelte es sich nur um ein paar hunderttausend negative Stimmen, deswegen blieb alles noch im erträglichen Rahmen. Dagegen wetteiferten die *"likes"* und die *"thumbs up"* in sechsstelliger, ja sogar in siebenstelliger Zahl.

Die Mutmacher lauteten oft so:

> *Es könnte beileibe nicht schlimmer werden als vorher! Gleiche Chancen für alle! Frieden, Freiheit, Gerechtigkeit, Gleichberechtigung! Kein Hass, kein Hunger, kein Rassismus, kein Krieg! Der Überfluss muss gerecht verteilt werden! Impfungen für alle! Schutz der Minder-*

heiten, der indigenen Völker, der Familien! ...
Rette doch endlich die Umwelt....!

Ab und zu ging die Beurteilung richtig bergab:

Er lügt doch!

Nieder mit der obskuren Macht! Nieder mit
dem Bazillus, so ein Schussel! Nieder mit Cras-
sus' Ambitionen und mit den wirtschaftlichen
Absahnern auf Kosten anderer! Keine Ausbeu-
tung mehr! Schluss mit Atomkraft, CO2, Plas-
tikmüll...!

...und:

Schluss mit Cookies, Pop-Ups, Kryptowährung,
Darknet, Cyberstalking und Internet-Spionage!
Schafft die neugierige Cortana ab! Usw. ...
und so weiter!

Wirklich turbulent! Man kam mit dem Löschen
manch unliebsamer Kritik nicht mehr nach.
Schließlich antwortete Herr Crassus auf Twitter
recht väterlich: *"vertraut mir doch, meine lieben*
Kinder! Es wird doch schon alles gut". Crassus
überlegte sich in aller Stille, ob er das Internet völlig in Besitz nehmen sollte, um solche schlimmen

Zustände zu unterbinden.

Zurück zum Büro mit dem großen Schreibtisch. Herr Crassus genoss eine Tasse Kaffee und schaute geschmeichelt aus dem Fenster, denn die Straßen hinter dem Park füllten sich mit Menschen; diese trugen bunte Standarten, sangen jubelnd fröhliche Lieder und riefen laut ihre Slogans, *"... Caesar Cursus Crassus, hoch sollst du leben..."*.

Im Nu drehte Herr Crassus seinen Stuhl mit Elan zum Schreibtisch, jodelte vergnügt vor sich hin, rieb die Hände und drückte theatralisch auf den Sendeknopf, um die Email abzuschicken. Sekunden später flackerte und flimmerte sein PC-Bildschirm mehrfach und geräuschvoll. Außerdem schaltete sich der Bildschirm permanent an und wieder aus. Herr Crassus saß entsetzt und atemlos vor seinem Gerät, bis sich sein Server wieder gemeldet hatte. Er blinzelte mit Freude, als er umgehend zahlreiche Feedbacks empfangen hatte. Er wunderte sich, dass die Resonanz der Oberhäupter so schnell gekommen war, vielleicht hatten sie schon die Proklamation und ihren eigenen Abgang unterzeichnet. Das wäre so schön!

Doch es kam ganz anders. Als Crassus die Emails genauer unter die Lupe genommen hatte, erkannte er, dass es sich nur um Fehlermeldungen handelte: *"Mailer Daemon"*, *"zurück an Absender"*, *"die Email konnte nicht gesendet werden"*, *"zu viele Nachrichten auf dem Server"*, *"Zugang verweigert"*. Herr Crassus versuchte die Email erneut zu senden, aber sein Posteingang füllte sich jedes Mal haufenweise mit den gleichen Meldungen. Sein Bildschirm begann wieder zu flackern, bis er letztendlich schwarz wurde.

"Habe ich das Internet kaputt gemacht? Aber - aber! Was ist jetzt mit meinem Computer los?", fragte er sich verzweifelt.

Plötzlich wurde es auch in der ganzen Stadt stockdunkel, die Finsternis verbreitete sich wie ein Tsunami! Die Astronauten im Orbit staunten nicht wenig, als sie bemerkten, dass alle funkelnden

Lichtchen auf der gesamten Erde fast gleichzeitig ausgeschaltet wurden. Ihr Kontakt zur Erde fiel komplett aus, und sie konnten den Grund nicht begreifen. *"Raumschiff ruft Erde!"*, *"Raumschiff ruft NASA! ... ESA?"*. *"Bitte antwortet!"*, *"Himmel und Hölle, antwortet doch endlich...warum seid ihr nicht mehr online?!"* - Echo, zisch -! Die nette Roboterstimme wiederholte mehrfach: " ∞ **Verbindung fehlgeschlagen ∞ Mission fortsetzen ∞ viel Glück ∞** ".

Es war der letzte Tag unserer modernen Zivilisation, irgendeine Katastrophe galt als wahrscheinliche Ursache. Die Elektrizität und das Netz brachen weltweit zusammen und das gesamte elektronisch-gespeicherte Wissen der Menschheit ging unwiderruflich verloren. Seitdem benutzten wir wieder Wind- und Wassermühlen, wie in Vorzeiten. Die Zucht von Brieftauben hatte Hochkonjunktur und die uralten Postkutschen klapperten und ratterten über alle Straßen hinweg! Nachbarschaften bildeten Kommunen, um einander zu unterstützen; die Kommunen weiteten sich langsam

aus und die Leute wählten schließlich ihre Orts-
vorsteher. Mit der Zeit florierten der Handel und
das Handwerk auf den Märkten, wie im Mittelalter.
Am schlimmsten war, dass die neue Generation
das Internet nicht mehr erlebt hatte und dass die
Berichte darüber zu abstrakt waren!

Keiner hat je wieder etwas von Herrn Crassus
gehört, vielleicht fing er Brieftauben und kontrol-
lierte die abgefangene Korrespondenz, vielleicht
wartete er immer noch auf die Unterschriften aller
Vertreter der Nationen?

Herr Crassus, der erbarmungslos traumatisiert
war, verließ seit damals nie sein Büro. Von wegen
Tauben fangen! Das einzige was er tun konnte, war
das Tagträumen. Der Raum verlor seinen Glanz,
die Wände bröckelten und Pflanzen wuchsen
durch die Ritzen, dennoch war die große Tafel für
ein Staatsbankett vorbereitet. Crassus feierte all-
jährlich seine Weltherrschaft mit geisterhaft unbe-
setzten Stühlen, leeren Tellern und Gläsern, nur die
Gästekarten kennzeichneten seine internationalen,

jedoch nicht anwesenden Underdogs, die seine Email oder eine Einladung absolut nicht erhalten konnten - wie denn? Dennoch stand der Möchtegern-Weltpräsident theatralisch vor dem Tisch und bat ernsthaft um eine Schweigeminute, um den Verlust der digitalen Kontrolle abermals zu beklagen. Die Tischrede beendete er teils jammernd, teils dünkelhaft, teils konziliant: *"Ich wiederhole, ich habe das Internet gar nicht kaputt gemacht, es gehört jetzt mir! Ihr könnt es mir abkaufen - wenn ihr wollt - für viel, viel Geld! Prost meine verehrten Erdmännchen, ich hab' euch alle lieb!"*.

Der Raum blieb still. Die Widersprüchlichkeit war dort gefangen und hatte schon lange keine Flügel mehr.

Racheengel

I.

Am Pool

Irgendwo in einem exotischen Land in der Ferne...

Zwei flotte Urlauberinnen und zugleich Parteikolleginnen nahmen einen Longdrink am Pool eines Hotels und ließen die Gerüchteküche brodeln.

"Heißt die vermisste Lady Mrs. Mola... und weiter? Hinz oder Kunz, ihr Name ist mir abhanden gekommen. Ich habe diese Dame im Khaki-Look vor kurzem an der Bar getroffen. Liegt die englischsprachige Zeitung mit dem Bericht immer noch im Foyer?", wollte die Frau im gelben Sommerkleid wissen.
"Meinst du etwa die Ingenieurin, die im Auftrag einer Minengesellschaft unterwegs war? Oh ja, ich kann mich an sie gut erinnern und es ist mir

eigentlich egal, ob sie Hinz oder Kunz heißt. Sie hat nun mal Pech gehabt! So etwas möchte ich selber nicht erleben", sagte die rothaarige Frau im hellgrünen Kleid.

Die zwei modebewussten Damen nippten an ihren Gläsern, dann musterten sie mit schrägen, gelangweilten Blicken die anderen Hotelgäste von Kopf bis Fuß, die sich ebenso bei abendlichem Mond- und Kerzenlicht von den einheimischen Kellnern bedienen ließen.

"Laut Zeitungsartikel hat diese Frau Mola ihre Untersuchungen im Gelände abgeschlossen; sie wollte zurück zum Hotel in die Stadt fahren. Der gemietete alte Geländewagen, ein Oldtimer, konnte angeblich nicht mehr starten, auch war sie für eine längere Expedition nicht gerüstet - das soll ihr Verhängnis gewesen sein -, eigentlich wollte sie nur eine letzte Spritztour vor ihrer Abreise in dieser trockenen Einöde machen", grinste die Frau in Grün höhnisch, als sie den Zeitungsartikel über die Person, die zunächst vermisst wurde, annähernd wiederholte.

"Du weißt mehr als ich! Oldtimer sieht man hier überall, Autos rosten in dieser Gegend nicht. Was wollte diese Spezialistin ohne Wasser und Nahrung in der tristen Einöde erkunden? Das wurde im Bericht nicht genau erklärt, er klang wirklich schleierhaft", meinte die Frau in Gelb.

"Es handelt sich bestimmt um Rohstoffressourcen im Namen unserer fernen Hightech-Gesellschaft - was denn sonst? Auch deswegen werden wir in den nördlichen Breitengraden von der Bevölkerung demokratisch gewählt, gleichermaßen um die Nachfrage des gierigen Konsumenten zu sättigen", konterte die Frau in Grün sehr frech.

"... und um die Nachfrage der Konzerne zu decken! Trotzdem ist das, was wir gegenüber den Völkern anstellen, sehr schändlich. Immerhin geht es um Ausbeutung, Verelendung und Umweltzerstörung an der Quelle unserer heiß-ersehnten Ressourcen - im Grunde genommen gehören diese Ressourcen nicht uns, wir erschleichen uns die Inanspruchnahme auf krumme Touren! Hauptsache, die Umweltzerstörung passiert nur bei den anderen und nicht vor unserer Haustür! Wir bleiben glücklich, gesund und grün! Nicht wahr?", reagierte die Frau in Gelb pikiert.

"Der Mensch war doch vorher nie besser", lästerte die Rothaarige in Grün gekonnt.

Der Kellner kam mit zwei weiteren Longdrinks zum Tisch und lotste die Damen zum frisch eröffneten Buffet. "Interessieren Sie sich für die neuesten Nachrichten?", fragte er beiläufig in fehlerfreiem Englisch. "Die heutige Ausgabe kann ich Ihnen gleich besorgen".

"Danke, sehr aufmerksam von Ihnen", bemerkte die Frau in Grün, "mal sehen, ob mehr über Frau Hinz-oder-Kunz berichtet wird. Wer weiß, ob das Fahrzeug vor ihrer Abfahrt manipuliert worden war", flüsterte sie spöttisch in das Ohr ihrer Begleiterin.

"Die Titelseite ist alarmierend", berichtete der freundliche Kellner entgeistert, "eine neue, gefährliche und hoch-ansteckende Krankheit verbreitet sich rasch weltweit. Manche Länder haben schon ihre Flüge eingestellt".

"Eine Prise Spannung während der Ferien, das muss mal sein", kokettierte die Frau in Gelb, die dem Kellner wahrhaftig nicht glaubte.

Die zu dem Zeitpunkt noch völlig ahnungslosen Urlauber trotteten wie ein geflügeltes Heer, oder eher wie eine große, schnatternde Gänseschar, hintereinander zum Buffet mit den herrlich arrangierten und köstlich duftenden und schmeckenden einheimischen Speisen.

Tage zuvor. Im Gelände

Frau Mola Pensum wollte die erfolgversprechende Stelle in der Wüste zum letzten Mal besichtigen, bevor sie zurück nach Europa flog. Weil der alte Jeep den Geist aufgegeben hatte, entschloss sie sich, den Weg zurück zu Fuß zu bewältigen - ihr blieb keine andere Wahl. Mola konnte niemanden über ihr Mobiltelefon erreichen, um Hilfe zu holen. Die Funkmasten waren zu weit entfernt, also befand sie sich in einem der von der modernen Gesellschaft nicht sonderlich geduldeten Funklöcher. Außerdem hatte sie unbedachterweise die Orientierung gebenden Reifenspuren verfehlt und merkte zu spät, dass sie sich im großen, flachen Sandmeer verirrt hatte. Die sandige Fläche erstreckte sich bis zum Horizont und die Skyline einer Stadt war nirgendwo zu erkennen. Die Auswirkung der großen Hitze auf ungeschützte Wanderer in einer derartigen Landschaft hatte sie gänzlich unterschätzt, als schnelle Jeepfahrerin, die an festgefahrene, ländliche Pisten gewöhnt war, war ihr diese Eigenschaft der Natur nie so richtig bewusst geworden.

Mola Pensum trank sparsam aus der einzigen Wasserflasche, die sie mitgenommen hatte. Sie irrte eine Zeitlang umher, den Weg suchend, bis sie abgekämpft zu Boden sank; die Schatten spendenden und kühlenden Felsformationen fehlten in dieser Region - leider - und die wallende Hitze wanderte allmählich bis zum Hirn. Mit der Zeit machten ihr die sonderbaren Luftspiegelungen zu schaffen, und ihre Sinne fingen an, sich zu trüben, das irdische Dasein erreichte eine nicht erstrebenswerte Situation. Die wertvollen, naturwissenschaftlichen Fachkenntnisse vollzogen eine ungeahnte Levitation in die verkehrte Richtung, genau gesagt, in die Welt der trügerischen Täuschungen, sie drohten, sich in falsche Hoffnungen und Träumereien zu mutieren. Plötzlich befand sie sich in palmenumsäumten Lagunen mit köstlichen Drinks - ... ach ... die Eiswürfel klirrten so herrlich... !

Solche idyllischen Fantasien waren eine Warnung zu viel und ein Vorzeichen für ein nahendes Fiasko namens Hitzeschlag, Dehydration und vielleicht noch Schlimmeres. So weit sollte es beileibe nicht kommen. "Vorsicht, lass dich nicht von solchen Gedanken treiben! Du musst geschwind handeln", rief Mola laut, um - sich selbst überzeugend - zu bekräftigen.

Aus Wut warf Mola das Mobilgerät unsanft zurück in den Rucksack. "Was für ein nutzloser Gegenstand, der Handy-Akku ist schon leer! - Bleib beieinander -", mahnte sie sich wieder. *Wozu GPS?* Dachte Mola und holte den klassischen Kompass mit dem Peilaufsatz und die topographische Karte aus der Tasche, doch um einen Fixpunkt anzupeilen, war die Landschaft zu bedeutungslos flach. Auch lag kein einziger Felsen auf der sandigen Fläche, der als Fixpunkt hätte markiert werden können.

Letztendlich entschied Mola sich, zum Fahrzeug zurückzukehren, und folgte ihren eigenen Spuren zurück, bis sie hinkend, stolpernd, fluchend und schimpfend ihren abgenutzten Jeep von Weitem erspähen konnte.

"Das Fahrzeug ist völlig hinüber. Ausgerechnet passiert mir dieses Unglück in Nimmerland. Verflucht noch mal! Ich wäre schon längst in der Stadt. Hoffentlich wird mich jemand vermissen und mit der Suche beginnen, wer weiß wann! - Du bist völlig neben der Spur! Bleib beieinander und konzentriere dich", mahnte sie sich ein weiteres Mal.

Der Abend nahte und die Zeit drängte, trotzdem

war eine Erholung nach dem erschöpfenden Tag notwendig. Die untergehende Sonne brannte immer noch lichterloh und der Sand strahlte die resorbierte Bruthitze des Tages wieder zurück in die Atmosphäre, jedes Körnchen Quarz verhielt sich wie eine winzige Minisonne. "Welch Kreislauf der ewigen Erhitzung, genauso wie in Dantes glühenden Hölle! So schlecht war ich doch nicht, es ist kein Makel, eine Perfektionistin zu sein! Weiter machen! Man wartet auf die Ergebnisse meiner Analysen. Los, vorwärts, die Zeit drängt, vergiss jegliche Anzeichen einer nahenden Götterdämmerung - ... verflixt noch mal, vergiss die tickende Uhr!".

Mola Pensum war schon sehr müde, doch eigentlich durfte sie keine Zeit mehr verlieren. Sie musste sich in Acht nehmen, denn die Konkurrenz lag bestimmt irgendwo auf der Lauer. Eine solche Gegenspielerin wurde letztens in der Hotelbar gesichtet - ausgerechnet wohnte jene fürchterliche Person im gleichen Hotel wie sie!

Die Hektik der modernen Zivilisation passte nicht in die Sphäre der unendlichen Ruhe der trockenen Pampa, wo sich die Zeit nach altbewährter Methode astronomisch messen ließ. Der hochtechnisierte Mensch vergaß, dass er - "oder sie" - sich mit der Beschaffenheit der Natur arrangieren musste, und nicht andersherum.

Endlich übermannte Mola die Müdigkeit. Trilliarden und aber Trilliarden Minisonnen lagen auf dem Wüstenboden verstreut und spiegelten das rötliche Abendlicht des untergehenden Himmelskörpers wider, sie bereiteten das warme Sandlager vor für die erschöpfte Schlafende in der kühleren Nacht. *Vergiss alles und ruhe dich erst mal aus!* Dennoch schossen ununterbrochen makabre und düstere Träume durch ihren Kopf.

Ach wie gut, dass niemand weiß,
... dass ich Sand zu Gold mahlen kann!
Spinnerin, rügte der Leiter der Akademie.
Ich spinne nicht, erwiderte die Alchemistin, die flüssiges Quecksilber auf den Mahlstein kippte und die

ihre Skripte an einem geheimen Ort versteckt hielt, um sie vor dem diebischen Verräter, der viele Pseudonyme besaß, zu schützen. Der Verräter - oder die Verräterin? - sollte noch enttarnt werden.
Ein Zwerg quengelte im Hintergrund und versuchte, sich strampelnd und kreischend bemerkbar zu machen: Oh nein, kein Gold bitte, nimm doch lieber Lithium!

"Wer seid Ihr? Hier gibt es sowieso keine Goldadern! Es handelt sich um Hightech und nicht um Zierrat!", brüllte Mola Pensum laut im Traum und wachte erschrocken auf.

Tempo!

Der neue Tag begann mit praktischeren Gedanken.
Das vorhandene Autoradio war tatsächlich ein uraltes Funkgerät, das Mola Pensum mit ihrem technischen Know-how und mit ein wenig Glück

in einen Sender umfunktionieren könnte, - es war ein Versuch wert! Die modernen, digitalen Radios wären für eine solche Option untauglich - Fortschritt konnte manchmal unpraktisch sein und unbrauchbar in Notsituationen wie dieser!

Zunächst schaltete Mola das Radio ein; der Empfang war anfangs fürchterlich, sie hörte nur Rauschen und Knacken. Sie drehte den Knopf und prüfte alle Frequenzen, die leider erbärmlich klangen, auch die Kurzwellen, die um die ganze Erde wanderten. Nach vielen Versuchen konnte Mola endlich eine geisterhafte, schwache Stimme hören, die absurderweise ständig die gleiche Reihenfolge kurzer Silben, in Kombination mit Melodien und Morsezeichen, wiederholte: "... *Tag — Null — Null — Tag — Null — Null — Tag... Null — Null — Tag —..., Wimm — Tor — Wimm — Tor — Wimm — Tor — ..; Kurzton, Kurzton, Kurzton, Langton, ..."* usw.

Zwischendurch klimperte jemand im Hintergrund Liszts *"Ungarische Rhapsodie Nr. 2"* auf einem gespenstisch-leisen Klavier; danach begann die

Stimme von Neuem an: "*... Tag — Null — ...,
Wimm — Tor — ...*".
Ach wie komisch, die Rhapsodie erinnerte sie aus-
gerechnet an die pfiffigen Witzfiguren "Tom und
Jerry".

Das war das Wunderland des Kurzwellenra-
dios und der geheimen, versteckten und doch
hörbaren Abfolge unverständlicher Töne - wie
Herzrhythmen pulsierender Geheimnachrichten,
getarnte Codes aus der Unterwelt. Logisch...! Die
anonymen Akteure nutzten aus Sicherheitsgründen nicht das digitale Netz, um das Tracking zu
umgehen. Sie besaßen immer noch die Freiheit
und die Fähigkeit, die ältere Technik der Radio-
wellen anzuwenden. Hobby-Funker versuchten bis
spät in die Nacht hinein, derartige ungewöhnliche Geräuschquellen zu orten - doch blieben ihre
Experimente erfolglos. Die geheimen Kellertüftler
aus dem namenlosen Schattenreich schickten pau-
senlos codierte Informationen durch den Äther,
die anders klangen als die gewöhnlichen, militäri-
schen Codes, die sich zynischerweise entspannter

anhörten wie *'Tango mit Romeo und Juliett'* oder *'Whisky on the Rocks'*.

Die Akustik knisterte erneut, die unbegreiflichen Codes verschwanden in einem raschelnden Schall und der emotionslose Dauer-Wiederholer tauchte in den Weiten des Kosmos ab.
Wenigstens eine menschliche Stimme in diesem Inferno, egal wie gespenstisch sie klang! Das Radio funktionierte und das war die Hauptsache!

Die verzweifelte Ingenieurin kramte die notwendigen Utensilien und die vorhandenen Metalldrähte aus dem Werkzeugkasten, die im Jeep aufbewahrt wurden. Sie löste das Radio vom Armaturenbrett und holte die lange Autoantenne vom Fahrzeugdach, dann fing sie mit ihrem Vorhaben an, das mehrere Stunden andauern sollte... -
... und der Durst wurde mittlerweile immer gnadenloser!

Immer diese Eile!

Molas Schreibtisch wartete auf sie, auch wartete ein Kollege im Hotel auf die Daten ihrer letzten Untersuchungen, die sie an die Firma weiterleiten sollte. Dieser Kollege, ein Gleichgesinnter mit ähnlichen Wertvorstellungen, wunderte sich bestimmt, warum sie nicht zum Termin erschienen war. Ihre Untersuchungen lieferten Erkenntnisse über die Beschaffenheit der Region und ihrer verborgenen Güter in den Tiefen, Informationen, die für die zukünftigen Abbaupläne, für die Logistik und besonders für die Bohrgeräte erforderlich waren. Von wegen Umweltschutz. Schließlich passierte das alles weit in der Ferne, und die einheimischen Kritiker, die die Projekte und die Verträge in Frage stellten, landeten schnellstmöglich hinter schwedischen Gardinen. Die schräge Salamitaktik hat sich seit den ehemaligen Kolonialzeiten nicht viel verändert - und einen gutbezahlten Job verlieren? Das wollten die wenigsten Fachleute erleben.

Eile!

Keine Zeit, alles musste schnell gehen, bevor die

fürchterliche Industriespionin, Madame Calumnia Plagiata von der Konkurrenz, es wagen sollte, in ihrer Gegend aufzutauchen. Jene lächerliche Gestalt machte sich überall unbeliebt und war der Alptraum aller Cocktailpartys. Diese unberechenbare Person horchte Leute aus, belauschte heimlich alle Gespräche, selbst das intime Geflüster hinter den eleganten, valencianischen Handfächern!

"Unser Globus soll vor ihrer verkommenen, habgierigen Gattung befreit werden. Wer weiß, wo sich diese giftige Hexe gerade herumtreibt", meckerte Mola Pensum, mit sich selbst redend.

Das Radio lag nun in seine Segmente zerlegt auf der Motorhaube. Die schwere Autobatterie sah ziemlich neu aus, sie war die einzige Energiequelle weit und breit!

Die Sonne schien immer kräftiger.

"Niemand darf mich in dieser unangenehmen Lage antreffen, ich würde vor Scham im Boden versinken..!".

Schleppend, schrittweise... !

Mola Pensum prüfte das umfunktionierte Radio und legte anschließend los. Dabei hoffte sie, dass sie die passende Frequenz erwischen würde, und dass die Autobatterie ausreichend belastbar sei. Deutlich wiederholte sie das internationale Notrufsignal, "mayday", in der Hoffnung, dass ein Hobbyfunker irgendwo auf dieser Erdkugel ihre Signale empfangen konnte. Mola achtete darauf, dass die Intervalle ausreichten, um eventuelle Signale entgegennehmen zu können, bis sie zum Schluss neben den großformatigen S.O.S.-Buchstaben erschöpft einschlief, die sie zuvor in den Sand geschrieben hatte, in der Hoffnung, dass ein Pilot sie aus der Luft erspähen könne.

Die zweite Nacht im Freien

Quälende Alpträume... !

Goldfäden wurden gesponnen, der Webstuhl surrte und surrte. Eine fürchterliche, troll-ähnliche Gestalt hüpfte auf einem Bein und jodelte zynisch: "Mein Zorn ist berechtigt. Was tut ihr hier? Wer von euch Zweckorientierten ist fröhlicher, glücklicher? Moralischer? Amoralisch? Nenne eure widersprüchlichen Vorstellungen beim Namen! Ich weiß es nur zu gut, dass das keiner von euch gierigen Menschen fertigbringen kann!",... höhnisches Gelächter!

Finsternis.

Am Pool

"Wo warst du die ganze Zeit? Ich habe dich lange gesucht und dachte schon, dass man dich wegen deiner ungewöhnlichen roten Haarpracht entführt habe", sprach die Frau im gelben Kleid verzweifelt.

"Ich musste etwas Wichtiges erledigen. Es tut mir leid, dass du dir solche Sorgen gemacht hast", sagte die Rothaarige schroff. "Wo ist mein Lieblingsdrink?", rief sie dem freundlichen Kellner belanglos hinterher.

"Ich bin gleich bei Ihnen, ich hole schnell die neueste Ausgabe, das Extrablatt. Der Flughafen wird wegen der Pandemie bald gesperrt werden und die Hotelgäste dürfen aus Sicherheitsgründen das Hotelgelände nicht mehr verlassen, schließlich soll niemand erkranken. Unser Gesundheitssystem ist nicht so gut aufgebaut wie in euren Ländern, unsere Patienten beißen schneller ins Gras. Gestrandete Touristen gibt es jetzt überall auf der Welt. Auf den Malediven kann ein Pärchen, das seine Flitterwochen dort verbringt, nicht von einer der Inseln ausgeflogen werden, die Flitterwochen werden vielleicht Monate dauern", kicherte der Mann.

"Lächerlich! Das interessiert mich überhaupt nicht.

Wir müssen so schnell wie möglich zum Flughafen", orderte die Rothaarige cholerisch.

"Nur der Hotelmanager kann Ihnen weiterhelfen; er kennt die neu erschienenen Pandemie-Richtlinien. Ein Taxi bestellen ist jetzt nicht mehr möglich, nur ein Militärkonvoi darf die Gäste zum Flughafen bringen. Haben Sie die Nachrichten nicht verfolgt?".

"Wann denn? Ich war den ganzen Tag am Swimmingpool", beichtete die Frau im gelben Kleid.

Die rothaarige Frau verzerrte ihr Gesicht mit einer entsetzlichen Miene. Der Koffer und die Aktentasche, die sie mit Argusaugen hütete, standen schon bereit.

Die Beute

"Träume ich?"

Molas Überraschung war sehr groß, als sie in einem hellen, weiß getünchten und kühlen Zimmer aufwachte und in einem Bett mit frischen

Laken lag.

"Wo bin ich?"

Mola wollte am liebsten hastig aufspringen, aber dann bemerkte sie rechtzeitig die Kanüle in ihrem Arm und den dünnen Schlauch, der sie mit einer umgekehrt hängenden H_2O Flasche verband. Die anwesende Krankenschwester freute sich über die Patientin, deren Lebensgeister endlich erwachten. Die Schwester erklärte ihr, dass sie völlig dehydriert und in einem fast komatösen Zustand von einer Person eingeliefert wurde, die sie zufällig beim Vorbeifahren im Gelände entdeckt hatte.

"Oh Schreck, wie lange liege ich schon hier?".

Mola Pensum wollte sofort ein Taxi bestellen, um zum Hotel zu fahren, doch der Arzt, der in diesem Moment den Raum betrat, mochte sie noch nicht entlassen. Mola rief vom Krankenbett aus ihren verwunderten Kollegen an, der sie vor Tagen bei der Polizei als vermisst erklärt hatte, was wiederum die Lokalzeitung alarmiert hatte. Die gelangweilten, Däumchen drehenden Skandalreporter hatten sich auf die ungewöhnliche Story gefreut, *"hübsche Ingenieurin verschwunden..."*.

Nach einem erneuten Erholungsschlaf, in dem ihr das scheußliche Gelächter eines Kobolds öfter ertönte, fragte Mola die Krankenschwester nach dem Verbleib ihres Rucksacks; ... *meine Papiere, mein Logbuch, meine Notizen,...!* Die Schwester öffnete den Schrank und hob verkrampft eine Tasche hoch, "der Rucksack ist ziemlich schwer!". "Wie bitte?"

Der Rucksack, der mit Sand gefüllt und deshalb so schwer wie Blei war, entglitt der genervten Krankenschwester. Im Nu breitete sich der ganze Sand mit voller Wucht auf dem sauberen Boden aus und fegte einzelne Staubflocken in alle Himmelsrichtungen. Molas Arbeitsblätter, das Logbuch, die Karte und der Kompass waren spurlos verschwunden!

"Wer war die Person, die mich mitten im Nirgendwo aufgespürt hat?", fragte Mola unruhig und entgeistert.

"Eine Frau mit roten Haaren, sie sah wirklich hübsch aus in ihrem grünen Kleid".

"Wie bitte? Diese skrupellose Diebin!", schrie

Mola Pensum tobsüchtig.

"Keine Bange, beruhigen Sie sich, bitte! Das Land hat die Grenzen und den Flughafen wegen der neuen Pestilenz schon geschlossen. Hier kommt keiner mehr weg!".

"Eine Verräterin und Diebin, die über Leichen geht, die gegen unsere Normen verstößt, die Oberspionin der maßlos gierigen und hemmungslosen Konkurrenz, oh, diese Madame Calumnia Pla...Pla..., Calumnia Plagiata...! Mein Kollege muss sie unbedingt finden, bevor es zu spät ist!".

Die aufgeregte Patientin drehte sich zum Telefon neben ihrem Bett und rief verzweifelt ihren Kollegen an. Der antwortete bedrückt: "Es tut mir so schrecklich leid, liebe Kollegin, vermutlich weißt du noch nicht, was hier überhaupt los ist! Es herrscht Totenstille auf den Straßen und in der gesamten Stadt, das Hotel ist menschenleer! Die Leute fliehen vor einer neuen, unbekannten Seuche und vermutlich wähnen sie sich alle in Sicherheit, sobald sie die Türen hinter sich geschlossen haben. Ich werde mich auch gleich in mein Domizil wegsperren. Ich glaube, dass diese rothaarige Frau, die du gerade beschrieben hast und die sich sogar im letzten Moment im Hotel merkwürdig verhalten hatte, mit dem letzten Konvoi zum Flughafen gefahren ist; die allerletzte Maschine ist mit ihr und mit den restlichen europäischen Touristen längst abgehoben!"

II.

Jahre später...

Die Welt, so wie man sie vorher kannte, hatte sich nach der jahrelangen Seuche völlig verändert. Das ehedem Vertraute war längst Geschichte, - ja, sogar die Hobbyfunker galten längst als ausgestorben!

Millionen Menschen erlitten weltweit materielle, soziale und kulturelle Verluste und Defizite, und verloren sogar das irdische Dasein. Bürogebäude standen leer und verrotteten; Management und Dienstleistungen wurden von zu Hause aus erledigt, dadurch sparten Unternehmer, Versicherungen und Ämter, ganz zu ihrem Profit, die anfallenden Zusatzkosten. Die Politiker verschanzten sich wegen des Missmanagements in ihren selbstverschuldeten, blumigen Bunkeranlagen.

Das virtuelle Zeitalter hatte sich manifestieren können und das Leben, ob privat oder beruflich, wurde komplett vernetzt und online organisiert und ausgeführt. Die wenigen Ausnahmen bildeten die klinische Fakultät, denn Ärzte und Krankenschwestern standen der Gesellschaft fortan leibhaftig zur Verfügung, sowie die Arbeiter in den Lagern, am Bau, in den Fabriken; auch die Polizei und das Militär, die die Menschen im Visier behalten sollten und die an jeder Ecke die installierten Webcams sowie die wespenförmigen Mini-Drohnen mit Leib und Seele beschützten.

Der gängige Wortschatz beinhaltete solch öde Begriffe wie Home-Office, Online-Learning,

Online-Meeting, virtuelle Märkte, Online-Bestellungen, virtuelle Chöre, Konzerte, Museen, Ausstellungen und Bühnen, virtuelle Touren in den Katakomben von Palermo oder in den altägyptischen Mastabas, ein Drink am virtuellen Strand, der virtuelle *Kaffeeklatsch*, der virtuelle Horrortrip, der virtuelle Wahnsinn und noch viel, viel mehr!

Der Scharfsinn und die Gefühlswelt degenerierten genauso wie die äußere Erscheinung der meisten Individuen. Die Geburt einer gespenstischen Welt, ähnlich einer Fata Morgana hatte sich bereits vollzogen!

Unser blauer Planet wurde in zwei Zonen geteilt: in die reiche, hochtechnisierte Zone und in die völlig verarmte und ausgebeutete Zone. Der verarmte und heruntergekommene Teil des Globus blieb weiterhin das Reservoir für die fortgeschrittenen Länder. Der Kampf um die Rohstoffe, die für die enorm genutzte digitale Technik unerlässlich waren, erweiterte sich unverschämt bahnbrechend auf Kosten der anderen.

Der Imperator dieser neuen Welt war der reichste Mann auf Erden. Er war sehr erfolgreich und prominent, dennoch blieb er immer unsichtbar. Die Umwelt wurde vor seiner skrupellosen Gier nicht verschont, die Naturschützer waren längst verstummt.

Am menschenleeren Pool

Calumnia Plagiata, die rothaarige Karrierefrau im grünen Kleid, konnte sich nach so vielen Jahren steil hocharbeiten. Nun reiste sie als Delegierte im Auftrag der Außen-Kommission, eine untere Division der Großkommission des 'Vereinigten Westens', in die Landschaft, wo sie früher ihr Unwesen als schamlose Industriespionin getrieben hatte.

Die Außen-Kommission beschäftigte sich mit speziellen Themen in der benachteiligten Zone, und zwar angeblich mit Friedensstabilität, Armutsbekämpfung, Menschenrechte und mit der Umwelt; sie koordinierte humanitäre Hilfsprojekte dort, wo sie erforderlich waren. Die Projektgelder und die Spenden flossen ungehindert auf die Konten der Kommission; ob die Hilfen tatsächlich ihre Ziele wirksam erreichten, das war die berechtigte Frage seitens der wenigen, übrig gebliebenen Beobachter und Kritiker.

Frau Plagiata erhielt den Auftrag, die Umwelt in der Nähe der Bohrgeräte sowie die sozialen und wirtschaftlichen Einflüsse auf die einheimische Gesellschaft zu untersuchen. Eigentlich hatte die Bevölkerung sehr stark unter den negativen Veränderungen gelitten, die durch die fremden Interessen verursacht wurden. Dennoch lautete die offizielle Botschaft, die sie an ihre Kommission geschickt hatte, wie folgt: "alles bestens hier. Alles im grünen Bereich". Ihre top-modischen Sonnenbrillen schienen noch dunkler zu sein als damals.

Alles im Grünen? Der Abbau war industriell und benötigte schwere Geräte, das chemisch kontaminierte Grundwasser sank tiefer in den Boden, der Feinstaub ätzte die Lungen, Billigarbeit, Tagelohn und tödliche Unfälle waren der normale Alltag. Die Folgen für Natur und Mensch waren nicht so rosig-grün, wie diese Frau behauptete.

Am menschenleeren Pool erkannten sich Calumnia Plagiata und der nette Kellner nach so vielen Jahren sogleich wieder, obwohl er nun mager und kränklich aussah. "Möchten Sie wieder Ihren Lieblingsdrink, Madame?", fragte er und stellte das Glas unbeantwortet vor ihr auf dem Tisch. Tatsächlich fluchte er fast unmerklich, leise flüsternd in seiner einheimischen Sprache, dann fügte er ein kühles *"what a lucky supply chain for your kind! Cheers madam, I hope you enjoy your short stay"* auf Englisch hinzu.

Calumnia Plagiata verstand nur wenig vom Gesagten, Fremdsprachen lernen interessierte sie gar nicht; die Stimme des Kellners klang jedoch dieses eine Mal sehr merkwürdig unfreundlich, wie ein Gemisch aus sauren, beizenden, chemischen Giftstoffen, die nicht zusammen vermischt werden dürften. Seine Worte klangen wie eine Explosion, wie ein in Luft aufgelöster Racheengel, der sich für ein großes Leid rächen wollte.

Frau Plagiata raffte ihre Gedanken wieder zusammen und trank aus dem Glas. Sie erinnerte sich an ihren Chemieunterricht an der Schule und an ihren Chemielehrer, der rasch zu ihr eilte und sie im letzten Moment davon abhielt, ein Desaster zu verursachen: "Stopp! Die Reaktion dieser beiden Stoffe wird höchstens dein Reagenzglas in Sekunden wegschmelzen lassen! Der Schuss geht nach unten, er wird ein Loch in den Boden brennen".

So ein Pech! Das war der letzte Longdrink ihres Lebens!

Inzwischen

Aus dem Radio an der Bar hörte man die Kommentare des Nachrichtensprechers, "... *der Krieg in unserem Land dauerte zu lange, obendrein wütete die peinigende Seuche; die Konvois mit den Impfchargen kamen niemals an, denn sie wurden jedes Mal bombardiert! Die Hungersnot ist groß...*".
Pause.
Die liebliche Stimme der fast vergessenen Joan Baez sang das Lied "*We shall overcome, some day...* ".

Pause.

".... die Erze der Erdkruste werde ich mit aller Macht sicherstellen, sodass wir mit der größtmöglichen Geschwindigkeit wachsen können", zitierte die anschließende Wirtschafts-Reportage den derzeit schnellsten und prominentesten Entrepreneur der Welt, der mit dem ausgefallenen Namen "Teyam Rambo Molskam" überall Furore machte.

Der Reporter kommentierte die vorherrschende Doppelmoral der Weltwirtschaft und zitierte zum Schluss eine namhafte westliche Politikerin, die eher mütterlich klang und nicht so aggressive Töne von sich gab, wie Herr Molskam und seinesgleichen, *".... in absehbarer Zeit schaffen wir mit erneuerbaren Energien eine bessere Welt für unsere liebsten Enkelkinder"*.

Musik...

Der Barkeeper am Pool summte die Melodie *"...we shall overcome some day..."* immer wieder, dann drehte er das Radio etwas leiser, denn es schien gleich todernst zu werden. Er schielte zu der herbeigerufenen, übereifrigen Gruppe, die gerade das Hotelgelände betrat.

Ermittlung am Pool

Der Kommissar und der Arzt betrachteten die Tote mit durchdringenden Blicken. Der Polizist dachte verstohlen, naserümpfend: *hmmm, diese Delegierten, ob lebendig oder tot, sie sehen alle gleich aus unter ihrem breitkrempigen Strohhut!*
"Eindeutig vergiftet, sehr typisch. Die Obduktion könnte Genaueres ergeben. Giftmord ist eine typische weibliche Sache", musterte der tatterige Arzt und beschnupperte vorsichtig das mit einer sauberen Serviette umhüllte Glas.

Der Polizist im gehobenen Dienst, der Allwissende und Verständnisvolle - bis zu einem gewissen Grad -, begann mit der Befragung der übriggebliebenen Angestellten des einst gut besuchten Hotels. Sein Pokergesicht, seine stechenden Blicke, sein ruhiger, souveräner Ton und die Pfeife mit dem einheimischen, starken *Tobacco* waren seine unnachahmlichen Markenzeichen, *Sherlock Holmes* ähnelnd, dessen enthusiastischer Fan er war.

"Der Nächste bitte", rief der junge Polizeianwärter laut einladend zum Verhör unterm Sonnenschirm neben dem Pool.

Die Ergebnisse der Befragungen waren übereinstimmend: alle hätten geglaubt, dass die Dame im Stuhl eingeschlafen war. Darüber hinaus seien außer ihr keine weiteren Gäste erschienen, insbesondere keine weiblichen Besucher. Niemand hätte etwas Außergewöhnliches bemerkt; zusätzlich hätten alle anwesenden Angestellten ein Alibi. Keiner hätte die Frau persönlich gekannt, keiner hätte dem Image des Hotels, des Arbeitgebers - oder besser ausgedrückt: dem Ruf ihrer Einnahmequelle - irgendeinen Schaden zufügen wollen. Der Kommissar zog an seiner Pfeife, um seine Unruhe zu kaschieren. Ihm war der Gang in die zuständige Botschaft, ohne den Fall gelöst zu haben, eine peinliche Sache.

Der sensationssüchtige Barkeeper lief mit frischem Trinkwasser zum Verhör, so oft er nur konnte. Der Neugierige konnte seine schlechten Angewohnheiten einfach nicht lassen. Die Skandalreporter würden sich bestimmt über seine «stylisch gefilterten» Informationen freuen, dachte er, das wäre der erste große Deal seines Lebens. Bedauerlicherweise verfolgten ihn die strengen Blicke des Polizisten, die ihn jedes Mal auf seinen Platz an die Bar zurückwiesen. Deswegen konnte der schaulustige Mann nur ein paar zusammenhanglose Floskeln erhaschen - bis er schließlich selbst an die Reihe kam.

"Es fehlt ein Mitarbeiter! Ich habe ihn überall im Hotelgelände gesucht", rief der Hoteldirektor laut.

"Ahaaa, endlich eine Kehrtwende in dieser schrecklichen Affäre! Wer fehlt denn?", fragte der einheimische Sherlock.

"Es fehlt der nette Kellner vom Pool, auch liegt eine unbezahlte Rechnung für einen Longdrink neben der Kasse, die vom Personal nicht unterschrieben wurde", erwiderte der genervte Direktor.

"Der Kellner hat heute seinen Dienst getan, er ist schon längst nach Hause gegangen. Normalerweise kassieren wir immer, bevor wir unsere Schicht weitergeben", kommentierte der mit sauber gespülten Gläsern vorbeiflitzende Barkeeper.

"Fingerabdrücke...", pfiff der Kommissar, auf das Glas schielend, dem jungen Kollegen hinterher.

Wer weiß, vielleicht landete das Gift vor dem Servieren im Glas, und der Verdacht fällt auf den Falschen, dachte er verstohlen und blickte entgeistert in die Runde.

Die leblose rothaarige Frau im grünen Kleid wurde von den herbeigerufenen Zuständigen mit Andacht vom Stuhl gehievt und auf einer Bahre weggetragen. Der Kommissar hob ein Blatt Papier auf, das zufällig aus ihrer offenen Handtasche auf den Boden flatterte. Er hielt eine ausgedruckte Kopie ihrer eigenen E-Mail in seiner Hand und las sichtlich nachdenklich und kopfschüttelnd: "... alles im grünen Bereich. Hmmm? Was soll das bedeuten?", und rüttelte lebhaft den Kriminaltechniker und die gelangweilten, fast eingeschlafenen Adjutanten wach mit seinen trockenen Befehlen: "Die bisherige kriminaltechnische Dokumentation, das Glas, die schwarze Brille, die Handtasche, der Brief und die unbezahlte Rechnung,... alles wie üblich, zum Labor oder in mein Büro. Die Bar und die dazugehörigen Bereiche nach chemischen Spuren untersuchen! Ich brauche Fingerabdrücke von allen Hotelangestellten — avanti — LOS! Ich werde gleich die Botschaft und die Pathologie aufsuchen, anschließend habt Ihr es mit meinem wachsamen, peniblen Geist zu tun. Keine Pausen mehr, los, los, los...".

Niemand weiß...!

Der Kommissar und der junge Polizeianwärter suchten die Gassen ab, um die Wohnung des Kellners Mr. Why aufzusuchen. Der Stadtteil, der einmal der gut besuchte, historische Kern war, sah mittlerweile sehr heruntergekommen aus. Das Land hatte in den letzten Jahren sehr gelitten. Die meisten Bewohner kämpften um ihr Überleben, die Mehrheit fand schlecht bezahlte Arbeit besonders bei der Minengesellschaft.

Der Kommissar und sein Begleiter standen endlich vor dem kleinen, renovierungsbedürftigen Häuschen des Kellners, dessen Tür seltsamerweise nicht abgeschlossen war. Als keiner auf sein höfliches Klopfen reagierte, nahm er sich Mut und ging hinein.
Der Betrachter staunte! Die Stube, die verlassen aussah, war übervoll mit Bücherregalen. Der Kommissar blätterte in verschiedenen Bänden und stellte fest, dass der Kellner ein hochintellektueller Mensch war, er las Philosophie, Lyrik, Prosa und naturwissenschaftliche Werke! Besonders viele Ordner sammelten Abhandlungen aus dem Ingenieurswesen, sie füllten jede Ecke und jeden Winkel.

"Dr. ... Dr. Why?". *Typisch für unser armes Land*, dachte der Kommissar, *alle unsere Fachkräfte müssen viele kleine Nebenjobs erledigen, um ihre*

Familien ernähren zu können! Welch trauriger Qualitätsverlust!

In einem offenen Kasten fand der Polizist ein verstaubtes Radio, das in seine Teile zerlegt war. Über dem Gerät hing ein fröhliches Bild an der Wand. Zwei junge Menschen lächelten gut gelaunt in die Kamera, eine Frau und ein Mann posierten vor einem klassischen Jeep mitten in der Steppe. Die kleinen Details im Bild deuteten eher auf eine wissenschaftliche Expedition hin als auf eine touristische Tour.

"Hier spricht die Vergangenheit zu uns, irgendetwas will sie uns preisgeben. Das Bild und das zerlegte Radio stehen in einem fast rituellen Zusammenhang miteinander", sagte der Kommissar zu seinem jungen Assistenten. "Der Staub wurde nie entfernt, Sandkörner liegen auf den Radioteilen für die Ewigkeit! Was suchen wir hier eigentlich? Ist der Kellner unser Giftmischer? Er sieht im Bild nett, friedlich und gebildet aus. Wer ist diese Frau?", fügte er hinzu.

"Sein Kellnerfrack hängt ordentlich auf dem Klei-
derbügel", rief der junge Assistent vom Neben-
zimmer.

"Er ist der Kellner, der im Hotel fehlte, ich hatte Ein-
sicht in die Personalakte. Der Direktor beschrieb
ihn als sehr freundlich und vertrauenswürdig. Er
hat schon etliche Jahre dort gedient, er beherrscht
sogar mehrere Sprachen", versicherte der Ältere.

Der Kommissar kratzte sich am Kopf und wurde
immer nachdenklicher. Die Frau im Bild war nicht
die leblose Gesandte vom Pool. Wer war sie dann?
Warum lag das zerlegte Radio wie ein Relikt mitten auf der Kommode unter dem gerahmten Bild?
Was meinte die Tote am Pool mit *alles im grünen
Bereich*? Kannte die Tote dieses Pärchen? Wo
war der Kellner denn überhaupt, der offensichtlich
auch ein Ingenieur war? So viele Fragen...! War
der Bewohner des Hauses der Hauptverdächtige?
Ihm kam der Kellner irgendwie sympathisch vor!
Wer weiß ...!

Plötzlich riss der Kommissar das Bild von der

Wand und nahm das Foto aus seinem Rahmen, er drehte die Fotografie um und las laut das Datum, das auf der Rückseite mit einem Kugelschreiber verewigt worden war.

Währenddessen suchte der Assistent nach Fotoalben, aber er fand keine weiteren Fotos, auch nicht in den Schubladen.

Er meldete seinem Chef, dass der Büroschrank ganz leer war.

"Der Kleiderschrank ist voll; ich finde keinen einzigen Koffer und keine Tasche, auch kein Laptop und keinen Computer", rief er verblüfft.

"Gut beobachtet! Ich glaube, dass Why aus finanziellen Gründen schon länger nicht mehr verreisen konnte, wozu dann Koffer besitzen? Ein Computer fehlt? Ja, das ist auffallend! Komm schnell, wir gehen ins Archiv, wenigstens habe ich einen Anhaltspunkt, auch wenn es nur ein Datum ist. Vor circa 15 Jahren muss etwas geschehen sein, was möglicherweise erklärend ist oder eine Auswirkung auf die aktuellen Geschehnisse hat. Mal sehen, ob das Datum uns weiterhelfen kann. Vielleicht finden wir einen Zusammenhang - hat das Drama mit den Minen zu tun, die unsere Gesellschaft tief in den Abgrund gestürzt haben? Ich ahne schon etwas! Ein arbeitsloser Ingenieur, der am Hungertuch nagt... und eine tote Delegierte, die die Minen besucht hat? Hmmm...! Hat der eigenmächtige Industriezweig Frau Plagiata zu uns geschickt? Schnell, junger Mann, wir dürfen keine Zeit verlieren".

"Nur weil der Mann interessant ist, wird er zum Hauptverdächtigen?", kritisierte der Assistent.

"Da hast du allerdings Recht. Ich werde alle unter die Lupe nehmen. Es soll keiner zu Unrecht beschuldigt werden".

"Vielleicht versteckt er sich da draußen irgendwo und mutiert langsam zum Höhlenmenschen und jagt unsere letzten Antilopen", kicherte der junge Assistent, der daraufhin kritische Blicke von seinem Chef erntete. "Hier gibt es keine Höhlen", antwortetet der Inspektor prompt.

Währenddessen...

Endspurt. Wohin...?

Der gesuchte Dr. Why, der uns als netter Kellner bekannt geworden war, fühlte sich endlich frei wie ein Vogel. Er konnte die Misere hinter sich lassen, dachte er. Er freute sich auf das Wiedersehen mit Mola Pensum, die anscheinend einen größeren Auftrag im Nachbarland erhalten hatte.

Inzwischen waren viele Jahre vergangen, seit Molas Anruf aus dem Krankenhaus. Mola hatte damals noch Glück gehabt, sie konnte mit den letzten Diplomaten ausgeflogen werden und landete in ihrem Heimatland direkt in die Quarantäne. Sie hatte sich gut erholen können und wurde während der Rückreise gar nicht infiziert. Als Erinnerung behielt Dr. Why das zerlegte Radio und viele Fotos, die Mola im Krankenhaus für ihn hinterlegt hatte.

Dr. Why suchte in seiner Aktentasche nach Molas Einladung, die ihn sehr erfreut hatte. Er fühlte sich wie neugeboren, denn Mola hatte ihm eine Stelle angeboten. Seine Koffer und seine Tasche waren mit den notwendigen Dokumenten, mit Papieren und mit fachlichen Publikationen vollgestopft. Neue Kleidung kaufen, das konnte er immer noch.

Die Stewardess spazierte mit dem Trolley im engen Gang zwischen den Sitzen der kleinen, holprigen Propellermaschine, und servierte mit puppenhaftem Lächeln eine leichte Mahlzeit.

Von seinem Fensterplatz blickte Dr. Why auf die Landschaft, die für ihre weiten Kornfelder bekannt war.

"Wo sind die berühmten Kornfelder, die die ganze Region versorgen? Fliegen wir einen Umweg? Warum ist der Boden so hell wie der Sonnenschein?", fragte er erstaunt die Stewardess.

"Nein, der Kapitän fliegt keinen Umweg", antwortete sie. "Sie sind wohl schon lange nicht mehr geflogen?", und ohne auf eine Antwort zu warten, bediente sie seinen Nachbarn.

Wohin führt mich dieser Weg…?

Mola Pensum holte Dr. Why vom Flughafen ab. Als die Beiden ihr Wiedersehen feierten, fragte Why, was aus den Kornfeldern geworden sei.

"Die Sonne scheint hier 365 Tage im Jahr. 60.000 km² dieser Region, also ein Drittel des Landes, sind für die alternative Energie-Versorgung der Hightech-Zone unabdingbar geworden - tja, das Land ist groß genug und reich an Sonnenstrahlen, die hiesigen Photovoltaik-Freiflächenanlagen existieren schon einige Jahre! Diese Solarparks verursachen hierzulande eine viel höhere Temperatur als vorher, die Luft hat sich stärker erwärmt, auch fehlt die Nachtfeuchtigkeit. Deswegen verdorrten die restlichen Kornfelder in der Nähe der Anlagen und viele der vertriebenen Bauern arbeiten seitdem für die Energiefirmen", erklärte Mola gewissenhaft.

Wohin...?

"Geht es dir nicht gut?", fragte sie.

"Man hat also die großen Kornfelder durch Solarparks ersetzt!". Dr. Why fiel vor Schreck fast zu Boden, er konnte eine Weile kein Wort mehr von sich geben; er starrte emotionslos in den wolkenlosen Himmel. Er wusste nicht, ob ihn die Übelkeit oder die Ohnmacht überwältigen würde, bis ihm seine traumatisierte Seele einen Streich spielte; er sprach mit zittriger Stimme:

"Und wer wird dieses Mal die Hightech-Gesellschaft informieren, dass hierzulande alles im grünen Bereich ist?".

Kauderwelsch

Über das "Code-Switching"

Es war einmal vor vielen Jahren, als wir Europäer noch nicht vereint waren und dennoch friedlicher miteinander umgingen; als es den meisten Menschen auf der Welt besser ging; als das Reisen sicherer war; als keine schwimmenden Leichen an die Stränden gespült wurden; als keine rassistischen Ressentiments herrschten. Ja, damals trafen sich vier junge Geschwister und ihre Freunde im schönen Griechenland, um ihre Ferien zu verbringen. Mit Rucksäcken beladen, mieteten sie auf den bildhübschen Inseln Fahrräder, Motorroller oder einfache PKW, um die Landschaft zu genießen und die Sehenswürdigkeiten zu erkunden.

Eines Tages sonnte sich diese Gruppe an einem der vielen Strände. Man unterhielt sich stundenlang und hatte viel Spaß. Die Teilnehmer vergaßen ihre Umgebung, man war ganz auf sich konzentriert. Ein Beobachter hätte meinen können, solch eine lustige, kichernde Gruppe lange nicht mehr erlebt zu haben, denn sie war eigentümlich.

Zunächst war der Strand erträglich und menschenleer, das Rauschen der Wellen und die kühlende Brise waren wohltuend und angenehm. Nach und nach trafen immer mehr Sonnenanbeter ein, diese tollten sich in den Wogen und aalten sich sonnend auf ihren Matten. Die Küste wurde im Nu lebendig und geräuschvoll.

Es vergingen etliche Stunden, bis der Abend nahte und bis die ermüdeten Menschen allmählich das Ufer räumten, das nun keinen einzigen schattigen Platz mehr bot. Wer noch am Strand verharrte, das war die unaufhörlich plaudernde und scherzende Gruppe und noch eine Clique von Einheimischen in ihrer Nähe, die sie aufmerksam beobachtete und belauschte. Diese zweite Gruppe bestand aus staunenden jungen Männern, die die Lachenden lange im Visier hatten, die sich fragten, woher diese hübschen, braungebrannten und fremdsprachigen Menschen wohl stammen könnten. Teilweise konnten die Beobachter einige Satzbrocken und Wörter identifizieren, der lebhafte Gedankenaustausch klang dennoch fremd und ergab gar keinen Sinn. Die Lauscher konnten diese Sprache partout nicht einordnen. Sie kam ihnen völlig rätselhaft vor.

Die neugierigen jungen Insulaner kamen oft zum Strand, sie beobachteten gerne die Touristen und hatten sich längst an die verschiedensten Klänge dieser Welt gewöhnt. Sie konnten mancherlei Sprachen und Völker voneinander unterscheiden. Amerikaner, Briten, Franzosen, Italiener, Spanier, Schweizer, Österreicher, Skandinavier, Niederländer, Deutsche, Ungarn, Rumänen, Bulgaren, Araber, Perser, Inder, Afrikaner usw. Einerseits schien die Ähnlichkeit der deutschen und flämischen Sprachen sehr groß zu sein; andererseits konnten sie den amerikanischen Slang recht gut vom Britischen unterscheiden. Menschen all dieser Sprachgruppen waren die üblichen Gastnationen in ihren Gefilden. Ein bunter Wirrwarr! Diese fremden Töne waren für die jungen Einheimischen wie Musik in ihren Ohren, ein Orchester diverser Vogelscharen, dessen Klänge sie zu differenzieren gelernt hatten. Doch nach Jahren fing dieses Tingeltangel an, eintönig zu werden. Hauptsache, das Land verdiente am Tourismus und das Bakschisch floss in Strömen. Und wenn schon! Diese Routinetreffs waren ein Allheilmittel gegen die Langeweile nach dem Feierabend, die sie aus ihrem kleinen, verschlafenen Bergdorf und ihren Olivenhainen an den Strand lockten. Die engen und steilen Gassen des Dörfchens waren nicht zum Herumlungern geeignet und sie hatten keine Lust, ewig von den alten, dauer-trauernden Witwen bespitzelt zu werden. Obwohl die ständig wiederkehrenden Fremden mit der Zeit ein wenig eintönig wurden, waren die Mimik, die Gestik, die Sprachen, die Mode der Fremden, die Zwischenfälle und die vielen, merkwürdigen Ereignisse doch interessant.

Aber was hatte es mit dieser lustigen Gruppe auf sich?

Sie sprachen kein Denglisch, kein Franzrömisch, kein Norskdütsch, kein Küchenlatein, keine Nudelverse und ganz gewiss kein Kauderwelsch. *Bei den Göttern des Pantheons! Seufz!* Endlich verließ einer der Einheimischen seinen Beobachtungsposten, stand mutig auf und lief rüber zu der lustigen Mannschaft. Die Neugierde war einfach zu groß, die Sache musste geklärt werden. Er sprach sie höflich auf Englisch an und stellte die Frage, die an ihm und seinen Kumpanen seit Stunden nagte. *"Ich bitte um Verzeihung. Ich hätte euch eigentlich niemals stören wollen, aber etwas hat mich so sehr stutzig und neugierig gemacht. Ich hoffe, meine Frage kommt euch nicht zu komisch vor. Ich möchte nicht beleidigend wirken und wenn es so sein sollte, dann bitte ich um Nachsicht."* Er machte eine Pause, um die Situation zu prüfen. Er hatte Recht, sie waren zu nett, um ihn auf negative Art zu belehren. Seine auffällige Höflichkeit kam ihnen trotzdem ziemlich lustig vor, dennoch verhielten sie sich achtsam und waren offenherzig, genauso wie die meisten jungen Menschen. Sie lächelten entgegenkommend und luden ihn ein, seine Ansprache fortzusetzen.

"Eure Sprache hat unsere Aufmerksamkeit gefesselt, sie klingt so fremd und doch so nah, sie ist total unverständlich; so eine wahrhaftig phänomenale Konversation habe ich bislang noch nie

erlebt. *Wo kommt ihr denn her? Wie nennt ihr eure Sprache? Meine Freunde und ich konnten sie nicht einordnen, obwohl wir verschiedene Wörter mitbekommen haben, die aus dem Englischen, Französischen, Deutschen und ja sogar aus dem Arabischen stammen. Es kann sich niemals um Esperanto handeln! Soviel ich weiß, kommen arabische Wörter in Esperanto gar nicht vor. Oder doch? Was für ein Wunder! So unterhaltet ihr euch stundenlang - mühelos. Oh ja, die Neugierde hat uns gepackt; mein starkes Verlangen, diese Frage zu stellen, ist meiner Ansicht nach nicht abwegig. Seid mir bitte nicht böse".*

Darauf flogen die Blicke zwischen den überraschten Plauderern fragend hin und her und das unverständliche Kauderwelsch setzte sich für einen kurzen Moment fort: *"Sollen wir ihm unser Geheimnis erklären?"*. In den verneinenden Gesten erkannte er deutliche Ablehnung. Dann antwortete eine junge Frau aus der Gruppe auf Englisch lachend: *"Wir haben gemerkt, wie wir angestarrt wurden, wie ihr die Ohren gespitzt habt. Ihr seid wirklich toughe Typen und sehr neugierig!"*. Als der junge

Mann sich bereits entschuldigte, entschloss sie sich doch, seinen Wissensdurst zu stillen und weihte ihn lächelnd ein.

"Wir, meine Geschwister und ich, sind multilingual aufgewachsen. Bei uns zuhause spricht man vier Sprachen. Wir stammen aus einer Mischehe und aus unterschiedlichen Ethnien und Kulturen. Unsere drei Freunde, die uns begleiten, kennen uns schon sehr lange und sie können mithalten. Wir beherrschen seit frühester Kindheit den Dialog mit dem Gemisch dieser Sprachen, wenn wir vom Umfeld nicht verstanden werden wollen. Unsere Sprechweise klingt für den Außenstehenden verworren und nur wir verstehen sie, sonst niemand. Sie ist unsere Geheimsprache! Darum geht es ja! Wir switchen ständig die Sprache von Satz zu Satz oder auch innerhalb eines Satzes. Das hat uns schon in der Kindheit Spaß gemacht. Damals fing das Phänomen spielerisch an und wir merkten, wie leicht das Umschalten war. Diese Fähigkeit ist im Alltag oft sehr nützlich. Wir haben gemerkt, wie ihr gelauscht habt, deswegen haben wir unsere

"eigene" Sprache gesprochen. Übrigens, wir finden, dass ihr coole Typen seid! Wir verbringen in eurem bewundernswerten Land unsere Sommerferien. Nett euch kennenzulernen". Die Sprecherin mit der angenehmen Ausstrahlung winkte seinen im Hintergrund wartenden Begleitern wohlwollend zu.

Der Fragende, geplättet, bedankte sich höflich und stolperte über den sandigen Boden zurück zu seinen Freunden, die vor Staunen ebenfalls lange sprachlos blieben. Sie konnten ein gewisses Gefühl nicht loswerden, überrumpelt worden zu sein. *"Tolle Performance! Sie sprach seriös und kollerte nicht Unverständliches daher wie ein Truthahn"*, sagte der eine. *"Franzarabdenglisch oder Denglifranzarabi?"* sagte der andere. *"Was für ein Quatsch! So ein Kauderwelsch!"*, meinte der Dritte. *"Und was, wenn es wahr ist?"*, fragte der Vierte.

Cher readers, I am sehr glücklich, فهمتم لأنكم *, what ich veux dire.*

أيها القراء الأعزاء ، أنا سعيدة جداً لأنكم فهمتم ما أعنيه .

Personen, Landschaft und Handlungen sind frei erfunden.

Kurzfassung

Bassima Khoury verarbeitet humoristisch und persiflierend ernste Themen unserer Zeit. Ihre Geschichten beschäftigen sich mit denkbaren Szenarien nach Katastrophen, mit Enkeltauglichkeit nur vor der eigenen Haustür und Hetzjagd um Rohstoffe in der Ferne, und mit sprachlicher Exklusion vs. Inklusion.

Die anekdotenhafte Allegorie "Weltweite Amnesie" erzählt über den fiktiven Herrn Crassus, der seine Weltherrschaft via Internet proklamieren möchte. Doch die Technik spielt ihm einen bösen Streich.

Gibt es einen "Racheengel", und wenn ja, warum? Was macht eine Bergbau-Ingenieurin allein in der Wüste, und wer ist diese arrogante Spionin, die ihr ständig nachstellt? Warum wird ein Team der Mordkommission an den Hotel-Pool geführt? Wer und wo ist Mr. Why? Die Schicksale der Protagonisten in dieser Novelle werden durch Entwicklungen bestimmt, die durch die Gier der Hightech-Zone beeinflusst wird, welche die Länder der ärmeren Zone massiver ausbeutet als vorher, nachdem die postpandemische Nachfrage wegen der fast vollständigen Digitalisierung der Lebensweise immer stärker wird.

In der Erzählung "Kauderwelsch" geht es um mehrsprachige Geschwister, die unbewusst - oder bewusst - das Code-Switching beherrschen. Die Umgebung fühlt sich ausgegrenzt, denn der Sprachen-Mix klingt unverständlich und schlimmer als Küchenlatein - damit haben sie aber Erfolg! Die Erzählung hat einen fiktiven Charakter, beruht jedoch auf wahren Begebenheiten.

"Kauderwelsch" ist mit der freundlichen Genehmigung der Herausgeberin auch in der folgenden Anthologie publiziert: Mein zweisprachiges Ich. P. Baumeister, D. Schröder (Hrsg.) 2019. Gedichte und Geschichten von in NRW lebenden SchriftstellerInnen aus vielen Ländern. Verlag LIJEPA RIJEČ — Schönes Wort. Tuzla 2019. (S. 130-135).

[Die Rechte bleiben bei den jeweiligen Autor*Innen].

Mein herzlicher Dank geht an Frank Siegmund für das Lektorat und an Ferial Khoury-Bec für Satz, Layout, Bildbearbeitung und Coverdesign.

Publikationen

Riman und der wundersame Greif. BoD Norderstedt 2016.

Frau Gott. Ein satirischer Sketch. BoD Norderstedt 2018.

Felsen und Steine. Kurzgeschichten. BoD Norderstedt 2019.

Kauderwelsch. Über das "Code-Switching". In: Mein zweisprachiges Ich. P. Baumeister, D. Schröder (Hrsg.) 2019. Gedichte
und Geschichten von in NRW lebenden Schriftstellerinnen
aus vielen Ländern. Verlag LIJEPA RIJEČ – Schönes Wort.
Tuzla 2019. (S. 130-135).

Der Flaschengeist aus Colonia Kapitulana. BoD Norderstedt
2020.